CARLSEN MANGA

BL IS MAGIC! Artbook / © Oroken / Zofia Garden und Carlsen Verlag GmbH, Völkersstraße 14-20, 22765 Hamburg
Alle Rechte vorbehalten / Redaktion: Kai-Steffen Schwarz / Lettering: Zofia Garden / Produktionsmanagement: Björn Liebchen, Frederik Rettberg / ISBN 978-3-551-80699-4

Nachwort

Hallo, liebe Leser(innen) und treue Fans!

Vielen Dank, dass ihr euch dieses Artbook geholt habt! Ich zeichne Manga schon seit langer, langer Zeit, aber ich habe nie wirklich darüber nachgedacht, ein richtiges Buch nur mit Illustrationen auf die Beine zu stellen. Auch diesmal konnte ich mich nicht zurückhalten und musste eine kleine Zusatzszene als Manga in das Konzept reinschmuggeln. Typisch Oro!

Kaum zu glauben, dass es zu BL is magic! sooo viele Illustrationen gibt, oder? Die Serie beinhaltet gerade mal 5 Bände (4 reguläre und einen Extra Band). Die meisten Bilder sind für Merchandise-Artikel entstanden und ich bin nach wie vor erstaunt, wie viele Leute sich Anhänger, Standees und all das andere Merch gekauft haben! Es gab Zeiten, da fühlte ich mich fast wie ein richtiger Produzent!

Dieses Artbook erscheint als Hardcover. Ein weiterer Meilenstein! Bücher mit Hardcover fühlen sich so edel und besonders an! Ich hoffe, die Ausstattung gefällt euch! (Der Inhalt natürlich auch...)
Danke, lieber Kai, dass du mich dazu überredet hast! (Kai ist mein unermüdlicher Redakteur und jahrelanger Betreuer, mit einer Geduld, die ich als Chaot per se nie verstehen werde!)

Liebe Leser, ich hoffe sehr, dass ich euch auch in Zukunft weiterhin mit meinen Geschichten und Zeichnungen unterhalten kann, egal in welcher Form oder in welchem Genre. Ich arbeite im Hintergrund an wirklich vielen (unterschiedlichen) Sachen und würde mich sehr freuen, wenn ihr mich auch auf dem weiteren Weg begleiten würdet.

Alles Liebe und STAY MAGIC!

Eure
Oro

Das BL is magic! - Universum ist noch lange nicht vorbei! Haltet die Augen offen!

Ein Redraw der berühmten Szene aus Howls Moving Castle :3 Rubios Blick passt nicht zu seinem Charakter... oder? *nachdenk*

Eines der kolorierten Manga-Panels. Diese Bettszene war so heiß! In Farbe sieht sie sogar noch erotischer aus!

Chibis, die nackte Popos zeigen, sind immer so süß. In echt würde Ati vor Scham ausrasten... wobei er es doch gewohnt ist, dass Axel ihm immer wieder an oder in die Hose greift :D

"Atilko" als Internet-Special. Er entstand aus Spaß, nachdem ich online über seine lila Haarfarbe geredet habe, die es in Band 1 noch nicht gab :D . Die Haarfarbe hat er lediglich all den Filtern zu verdanken, die ich auf die fertigen Illus drauflege... Und die Empfehlung... passt nur für einen einzigen Magier! Alle anderen beißen sich an ihm die Zähne aus!

Zum Abschluss der Serie gab es bei mir ein Diorama mit diesem tollen Motiv! Man kann es als Deko für alle 5 Bücher benutzen und so bekommt man ein tolles Bild im Bücherregal!

Ati und Rubio kriegen tatsächlich (vorerst) zwei Söhne. Während der ältere, *Salomon* (von Ati meistens "Salmon" genannt) Ati anhimmelt, hält Agnus (der jüngere, eigentlich "Magnus") nix von seinem Vater, der in einer anderen Welt lebt, v.A. wenn er doch immer Papa Rubio für sich stehlen will. So etwas geht gar nicht! Papa Rubio gehört mir! Buh, Papa Ati!... Ich hasse dich!... oder nicht?

Next generation?...

Seltenes Bild von Rubio mit nassen Haaren, bevor sie seine normale Gestalt annehmen.

Selbst Ati ist da verwundert! Oho! Fast hätte er Rubio für einen Einbrecher gehalten!

Für das Artbook hab ich auch ein paar Panels aus den Mangas koloriert. Ich hoffe, dieses kleine Extra hat euch gefallen :) . BL is magic! in Farbe wäre schon cool! Aber Farben für den Druck umwandeln ist die Hölle!

Enamel Pin.
Der erste und einzige mit BLiM! Motiv. In gold sieht es umwerfend aus. Sogar Glitzer war dabei. Und ein kleines goldenes Herz konnte man auch draufhängen!

Opa Nostrius in jungen Jahren. Er ähnelte Rubio sehr, egal mit welcher Haarfarbe oder Frisur. Das ist kein Zufall. Die Vin Astar-Familie hat (mit wenigen Ausnahmen,) rote Haare und rote Augen. Er musste sich anpassen. Sexy war er aber auf jeden Fall! Organostrius! Hier sieht man sein Selbstportrait während seines Duels mit Kuligundalf dem Weißen. Nostrius hat natürlich gewonnen! Wer sonst?

Das Artbook gab es bereits bei mir in Eigenregie. Format war A4 und dies war das Cover. Der Perlmuttschimmer hat super zu dieser Illu gepasst. Wieso ist Ati eigentlich immer an Rubios Brust interessiert? :D"

Hochzeit? Natürlich! Der Manga hat zwar vor diesem Ereignis geendet, aber es wurde ja zumindest angedeutet. Die Liebesgeschichte von Ati und Rubio hört niemals auf! Schafft Ati es jemals in die Welt von Rubio? Erlaubt das Auge ihm, mit dem Messiah glücklich zu werden? Ganz bestimmt! Oder muss dafür doch etwas anderes passieren? Fragen über Fragen! :)

Für BL is magic! 4 bekam ich eine SNS Card! Ich war so glücklich! Habt ihr sie alle bekommen? Es war eine echte Herausforderung, das Magic Circle für den transparenten Druck der Karte zu erstellen! Hat aber super geklappt!

“Die sind im Weltall, oder?” fragte Kai (mein Redakteur). Ich bekam dabei einen Lachanfall :D. Rubio zaubert bei den intimen Momenten meist immer Wolken und die Umgebung ist dann ür Stunden mit Aphrodisiaka gefüllt. Man muss schließlich stundenlang durchhalten, um einen Magier zu befriedigen!

Motiv für ein riesiges Standee. Mit Goldveredelung. Der Titel des Bildes war : “Nach 12 Höhepunkten.” Passend, oder? Wann sonst sieht man so entspannt aus?

Einer der letzten Merch-Artikel zu der Serie. Ati und Opa gibt es als Acrylmagnete und Ati kann man auf Rubios Brust platzieren!

Der allererste Merchandise-Artikel, den ich zu *BL is magic!* gemacht habe (als Anhänger). Nostalgie pur! Doch zuvor war das Bild noch im allerersten Chibi-Kalender zu finden!

Zum Abschluss der Serie habe ich eine riesige Klappkarte als Signierkarte eingeplant. Diese Illustration ist sowas von kitschig und magisch! Veredelt wurde die Signierkarte auch noch mit Holo-Stickern und einem goldenen Spiegelherz! Ein echtes Schmuckstück in der Sammlung!

Dieses Bild sieht so hübsch und ästhetisch aus... aber achtet mal auf die Hände der Jungs! Voll versaut... oder voll normal? Das schönste Gefühl ist es doch, von seinem Geliebten berührt zu werden! Egal an welcher Stelle!

*(Die Jungs widersprechen hier *lol*)*

Ati als Christkind und Rubio als Nikolaus. Wer würde wohl mehr Geschenke in einer Nacht verteilen? Hm... Nikolaus bringt meistens Süßigkeiten. Dieser hier würde sie wohl eher alle aufessen :D Und für Ati ist Rubio das größte Geschenk!

Motiv für einen Candy-Anhänger (wie auch die anderen Motive auf der zugehörigen Seite). Hab mutig einen Pimmelchen-Artikel erstellt! Yeay! Pimmelchen Ati ist mein Liebling aus *BL is magic! Extra Spells*! Armer Kerl!

Diese Chibis habe ich für die Buttboys-Serie erschaffen. Sie sind so unglaublich goldig, v.A. mit dem 3D-Hintern! Man kann echt nicht aufhören, den Popo anzutatschen! Lieblingsartikel von Ati (?) :D

Auf dieses tolle Panorama-Bild bin ich unglaublich stolz! Das Bild kann man auf der Rückseite der Charakterkarten finden, die es bei mir zum Kauf von den einzelnen Bänden gab; natürlich immer mit dem jeweils zugehörigen Charakter. Nostrius hat einen eigenen Hintergrund bekommen, weil er sich zu dieser Zeit in der Dämonenwelt befand...Kann man für so ein langes Bild überhaupt einen passenden Bilderrahmen finden?

Definitiv eines meiner Lieblingsmotive im letzten BLiM! Kalender! Ursprünglich sollte Rubio hier ein Mermann sein.

Auch ein Lieblingsbild aus dem endlosen BLiM! Kalender! In der Originalversion schläft Rubio nicht, sondern isst einen Corndog. Hier hat er ihn längst fertig :D

Das beliebteste Chibi-Motiv. Vielleicht wegen der kleinen Meerjungfrau (?) :D Oder wegen Opa Eule... äh... Opa... Fisch(?)

Die Ausschnitte auf diesen Seiten sind alle aus dem BLiM! Märchen-Tischkalender. In diesem Kalender sind die Jungs zu Helden der bekannten Märchen geworden. Am liebsten mag ich Aladdin, sowie das Rapunzel Bild. Habt ihr alle Märchen erkannt?

Wie der Titel auf seinem Shirt steht: Mr. Bombastic! (Wie immer mit einem Tippfehler... Ati und bedruckte Shirts...*lol*) Es wäre ein Traum, ihn einmal animiert zu sehen, wie er in einer Szene auf dem Schulhof auftaucht, begleitet von dem Song! *hach*

Der Titel der Skizze ist: *Die Magie findet dich!* Es zeigt jungen Rubio und Ati, wie sie von ein und demselben Magie-Partikel heimgesucht werden. Deleted Scene(?)

Dies war ein animiertes Lesezeichen, bzw. Deckenhänger zu der Special Edition von Band 3. Super cool!

Die allererste Signierkarte. Mit den Jungs aus 11-G! Konntet ihr alles entziffern, was auf der Tafel steht? :D Axels Nummer will sicher jeder haben! (Ist auch der Fall, *lol*)

Normalerweise mache ich neutrale Motive für Signierkarten, bzw. Shikishis. Dieses hier ist während der Corona-Zeit entstanden und ist ausnahmsweise heiß geworden :D

Diesen peinlich gerührten Ati gab es als Anhänger.
Es war extra so gestaltet, damit man z.B. das Kabel von den Kopfhörern um seinen Körper wickeln konnte. Bondage-Ati! :D Er selbst hätte vermutlich lieber einen Bondage-Rubio *lol*

Ich mag hier die Posen und auch die stille Intimität, die von dem Bild ausgeht.
Atis Wunschdate würde vermutlich genau so aussehen :) Er sieht nicht so aus, aber privat ist er schon ein Charmeur.

Dies war ein Weihnachtsbild. Ati scheint voll ausgepowert zu sein :D . Hey, die eine Stunde musst du aber durchhalten! *anfeuer!*

Diese Prints gab zu den Collector Editions zu Band 2 dazu. Rubio ist super sexy hier! Ati wollte leider nicht. Er kann nicht sexy sein(?), dafür knutscht er viel lieber mit seinen Katzen!

KOMMENTARE ZU AUSGEWÄHLTEN BILDERN

Dieses Bild ist legendär!
Damit fing alles an!
Ich hab es noch vor Band 1 als Vorab-Promo gezeichnet und für Flyer und Postkarte benutzt. Das Motiv hat meinem Redakteur Kai so gut gefallen, dass er es für Band 2 haben wollte, obwohl es zu dem Zeitpunkt bereits “alt” war.

Es wurde für alles mögliche verwendet. Banner, Poster, Buttons...
Atis Blick gefällt mir hier ganz besonders!

Ich muss sagen, ich tue mich richtig schwer damit, Cover zu entwerfen. Es ist alles andere als leicht, die Jungs in einer vielsagender Pose zu zeichnen, damit sich die Motive nicht ähneln. *schwitz!*
Band 1 gefällt mir hier auf jeden Fall nach wie vor am meisten. Guckt doch wo Ati seine Hand hat! :D D
Band 4 war die größte Herausforderung!

Mondlicht. Die goldene Ausstrahlung soll die Wirkung des Schems verdeutlichen.
Ein sehr beliebtes Motiv :3

Das Laternenbild wurde für die Signierkarte für Band 2 gezeichnet. Ich liebe dieses Motiv und das ganze Ambiente! Bis heute habe ich leider nur ein einziges Mal eine Laterne aufsteigen lassen. Ich hoffe, ich komme irgendwann wieder dazu!

Der Kuss im Garten, bzw. auf einer Wiese. Ati hat Sushi als Snack und Rubio wie immer sein Steak mit Pommes. Außerdem trägt Rubio (wie eigentlich immer) ein Shirt von Ati. Rubio selbst hat keine Klamotten zum Wechseln.

Nach vielen Liebes- und Chibibildern wollte ich wieder mal ein sexy Bild machen. Außerdem war für mich klar, dass ich es diesmal mit goldenen Stickern veredeln wollte. Ich liebe die Posen :3

Wenn Ati Yaois entdeckt (um zu lernen), muss Rubio nun mal warten... :D
Hm... welche Mangas liest er da wohl?

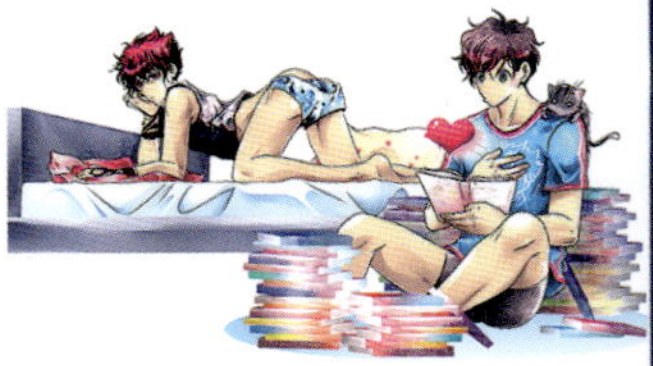

Frühstück im Cafe.
Die Vögel sind Croissants und Rubio trinkt Cappuccino. Der leichte Milchschaum an seiner Oberlippe ist irgendwie sexy :3

Mein absolutes Lieblingsmotiv aus dem endlosen BLiM! Kalender. Ich zeichne nicht oft Landschaften, umso mehr gefällt mir das Endergebnis hier! Wohin die Karte wohl führt?

Date im Kornfeld.
Könnt ihr das Licht fühlen? Man kommt so selten dazu, die Natur in aller Ruhe zu genießen!

JE MEHR DU BEI DEN BEIDEN DAZWISCHEN-FUNKST, DESTO STÄRKER WERDEN IHRE GEFÜHLE FÜR EINANDER. FÜR DIESE WELT IST ES NATÜRLICH NUR VON VORTEIL...
ICH GLAUBE, DU WIRST ALT, NOSTRIUS. DEINE PSYCHO-SPIELCHEN LASSEN NACH.
WOMM
MACH DIR KEINE GEDANKEN. ICH WEISS, WAS ICH TUE. ICH BIN EIN VIN ASTAR. ICH MACHE KEINE FEHLER.
hust
Ich weiß nicht, was du meinst. Alles was ich tue, ist nur zum Wohle meines Urenkels..
BLÄTTER
Wobei ich mich ab und zu auch frage, ob du das alles nicht absichtlich machst. Hast du etwa doch aus deinen Fehlern gelernt?
BLÄTTER
BLÄTTER
1001 Geschenk-ideen für deinen Schwiegersohn!
Alles Für den Fall, dass er dich umbringen will!
HALT DIE KLAPPE!!!
War nett, dich gekannt zu haben, Großmeister der Magie!
Hm...
Dann fürchtest du dich auch nicht vor dem Tag, an dem der Mensch durchs Portal kommt, oder? Wozu hast du dir also dieses Buch besorgt?
Sag mal... wer sind die Typen eigentlich?
Die Hälfte davon sieht wie Boybands aus!
MIAU?
Hab keinen Schimmer. Die hat Axel mir geschenkt.
AXEL!!! DU BIST SOWAS VON TOT!!!
HATSCHI!
H-huh?
BL is magic! Bonus Story ❤ EnDe

FLAPP
W-WIESO ZEIGST DU SIE MIR?
Fuck, sind die alle heiß!
Das sind an die hundert schönsten Männer aus deiner Welt.
DU WOLLTEST DOCH EINE AUFGABE. ICH HAB EINE FÜR DICH!
?
Fotos???
...
WAS IST DAS?
W-WAS? WARUM? UND WIE... SOLL DAS GEHEN?
Wieso willst du überhaupt an sie denken???
HALTE MICH DAVON AB, AUCH NUR EINEN GEDANKEN AN EINEN VON DENEN ZU VERSCHWENDEN!
MEINST DU, DU KANNST MICH DAMIT BIS ANS ENDE UNSERER TAGE VERSORGEN, OHNE DASS ICH ALL DAS BEI JEMAND ANDEREM SUCHEN MUSS?
ABER FALLS DU EINEN TIPP WILLST, ICH REAGIERE GANZ GUT AUF DEINE ANWESENHEIT. AN DEIN HERZ UND ÜBERHAUPT... DEINE GESAMTE EXISTENZ!
WEISS NICHT! DAS MUSST DU SCHON SELBER HERAUSFINDEN!
DU LIEBST DOCH HERAUSFORDERUNGEN, ODER?
DICH LIEBE ICH, DU NUSS!
GUT MÖGLICH.
AUCH WENN SICH DAS FÜR MICH WENIGER ALS EINE AUFGABE ANHÖRT... VIELMEHR ALS EINE... HERAUSFORDERUNG.
DARAUF KANNST DU GIFT NEHMEN!
HEHE ~

UND WIESO SOLLTE UNSERE LIEBE NICHT EWIG HALTEN?
WIR WISSEN ES DOCH BESSER.
SIE IST MAGISCH.
UND MAGIE IST UNVERGÄNGLICH.

BLEIB BEI MIR! FÜR IMMER!
FÜLL MICH WEITERHIN MIT DEINER ENERGIE UND LIEBE AUF!
ICH VERDOPPELE UND VERSTÄRKE SIE INS UNERMESSLICHE...
... UND GEBE SIE AN DICH ZURÜCK...

UNBERECHENBAR... UNBESIEGBAR... UNVERWÜSTLICH...
DU BIST DAS LEBEN SELBST...
WUNDERSCHÖN...
UND ICH WERDE DAFÜR SORGEN, DASS DU AUCH WEITERHIN SO BLEIBST.
UND WIR SIND EINS. DAHER GILT DAS EBENFALLS AUCH UMGEKEHRT.
ICH BIN DEIN OPUS. SOLANGE DU EXISTIERST, BLEIBE ICH ERHALTEN.
ALS MAGIER... UND MESSIAH SOWIESO... ENTSCHEIDE ICH SELBST, WIE LANGE ICH AM LEBEN BLEIBEN MÖCHTE...
UND EGAL, WIE LANGE DAS SEIN SOLL... DU WIRST MICH DEN GANZEN WEG ÜBER BEGLEITEN.
DENN ICH MÖCHTE KEINEN EINZIGEN TAG OHNE DICH VERBRINGEN!

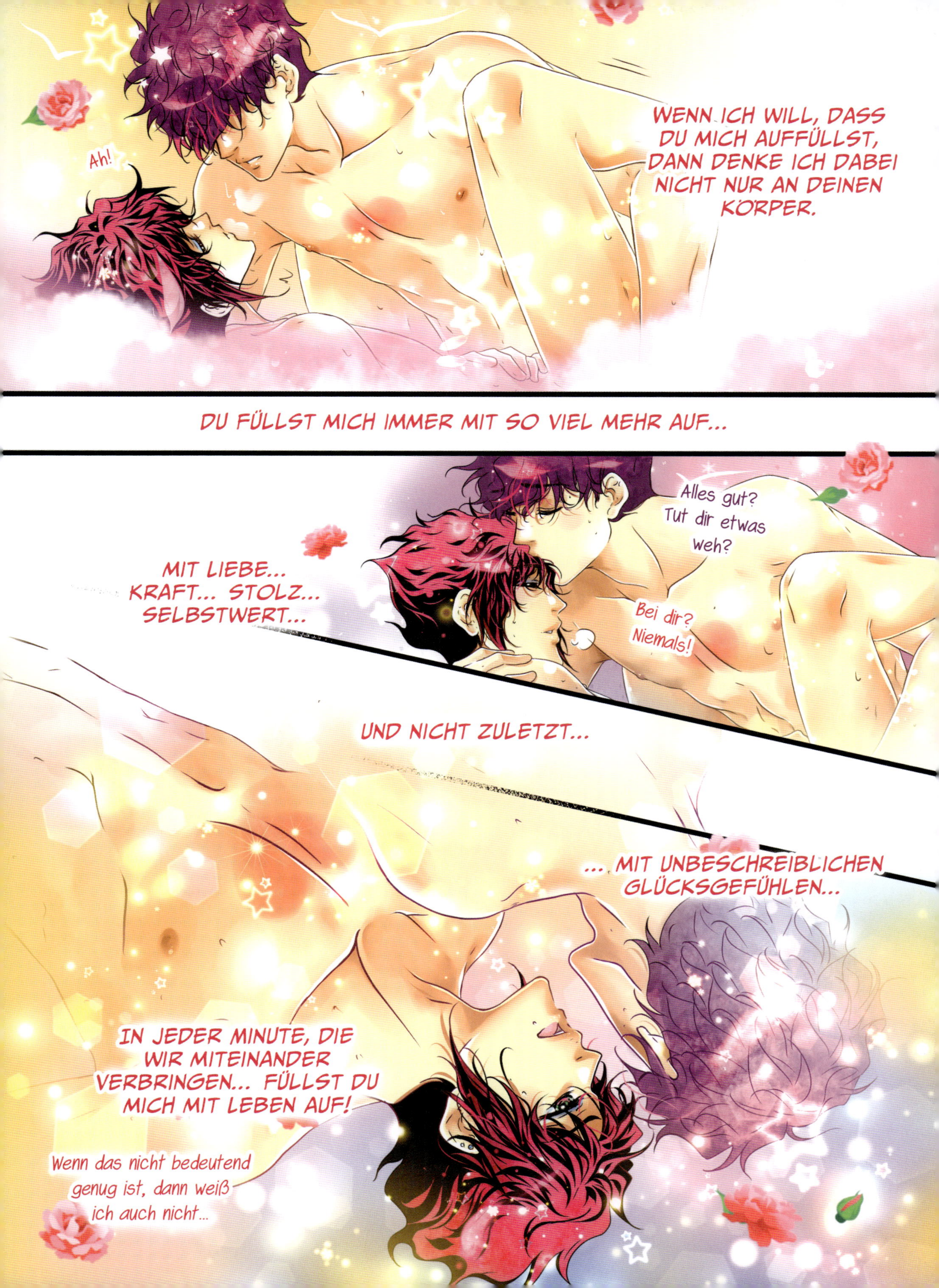
Ah!
WENN ICH WILL, DASS DU MICH AUFFÜLLST, DANN DENKE ICH DABEI NICHT NUR AN DEINEN KÖRPER.
DU FÜLLST MICH IMMER MIT SO VIEL MEHR AUF...
MIT LIEBE... KRAFT... STOLZ... SELBSTWERT...
Alles gut? Tut dir etwas weh?
Bei dir? Niemals!
UND NICHT ZULETZT...
... MIT UNBESCHREIBLICHEN GLÜCKSGEFÜHLEN...
IN JEDER MINUTE, DIE WIR MITEINANDER VERBRINGEN... FÜLLST DU MICH MIT LEBEN AUF!
Wenn das nicht bedeutend genug ist, dann weiß ich auch nicht...

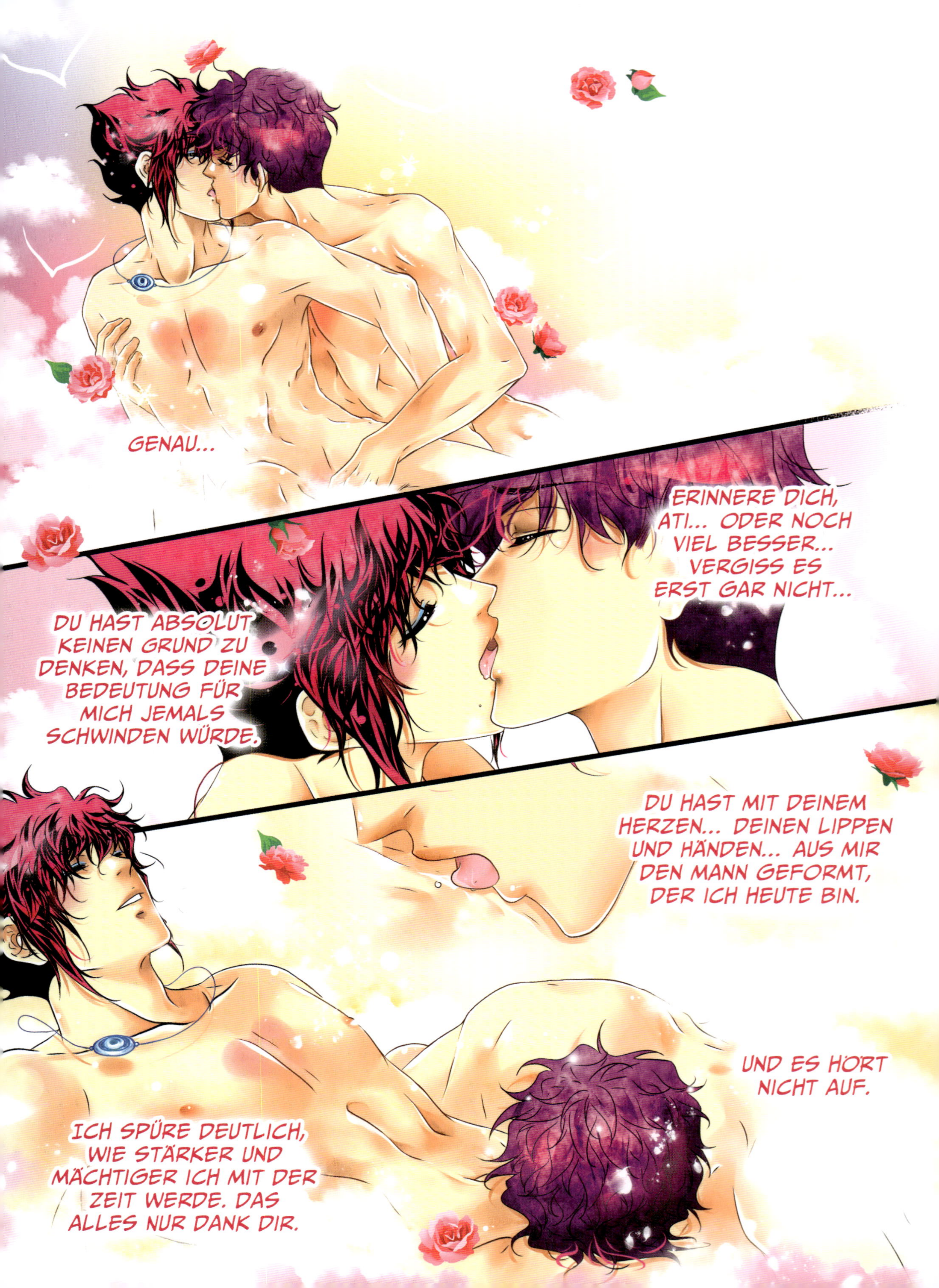
GENAU...
ERINNERE DICH, ATI... ODER NOCH VIEL BESSER... VERGISS ES ERST GAR NICHT...
DU HAST ABSOLUT KEINEN GRUND ZU DENKEN, DASS DEINE BEDEUTUNG FÜR MICH JEMALS SCHWINDEN WÜRDE.
DU HAST MIT DEINEM HERZEN... DEINEN LIPPEN UND HÄNDEN... AUS MIR DEN MANN GEFORMT, DER ICH HEUTE BIN.
UND ES HÖRT NICHT AUF.
ICH SPÜRE DEUTLICH, WIE STÄRKER UND MÄCHTIGER ICH MIT DER ZEIT WERDE. DAS ALLES NUR DANK DIR.

POPP
IST DIR KLAR, DASS DU HIERMIT ALL MEINE UNSCHULDIGEN ERINNERUNGEN AN DICH AUSLÖSCHST? SCHÄM DICH! DU BRICHST MEIN ZARTES HERZ!
ÜH!
HILFE! ICH HAB EIN MONSTER ERSCHAFFEN!!!
WIE?
POPP
GLOW
SPLOTZ
Dann hoffe ich, dass du bei DIESEM Anblick nicht in Ohnmacht fällst! Guck! Er ist so einsam! Er ruft nach dir!
knutsch
TÄNZEL
Verräter!!!
Das sieht für mich aber nicht so aus!
POPP
?
POPP
Du kannst von Glück reden, dass meine Gefühle für dich mittlerweile tausendmal stärker sind als früher! Sonst hättest du längst meine Faust im Gesicht!!!
Ich hab dich in dieser Form so rein und ehrlich geliebt, wie es mir nur möglich war! Wie kannst du nur meine wertvollste Erinnerung an dich so vulgär behandeln???
POPP
UND ICH SCHENKE DIR...
HER DAMIT! DU WEISST, ICH LIEBE DEINE HÄNDE! BENUTZE SIE AN MIR, WIE IMMER DU WILLST!
Soll das etwa eine Drohung sein?
leck
POPP
... NOCH VIEL SCHÖNERE... UND WERTVOLLERE ERINNERUNGEN!

UND VIELLEICHT IST ES AN DER ZEIT, DIR ENDLICH DEINEN GRÖSSTEN WUNSCH ZU ERFÜLLEN!
SPLURT
D- DER OG RUBIO!!
ICH WEISS... IST NUR EINER SEINER GRÖSSTEN WÜNSCHE. ABER SCHÖN DER REIHE NACH...
Alte Wunden und Träume kommen tatsächlich zurück...
WIE SIEHT'S MIT DEINEN LIEBESKÜNSTEN AUS? KANNST DU MICH ZUFRIEDEN STELLEN?
...
schluck
WAS IST? SOBALD ICH MEINE KLEIDER ABLEGE, WIRST DU SPRACHLOS?
ZUCK
Ähm...
N-NA?
WIE SIEHT'S AUS... DU... SCHULKÖNIG?

!!
FÜLL MICH AUF!
SCHWEB
DWOFF
NA, WIE SCHMECKT DIE EIGENE SUPPE?
ICH BIN GENAUSO EIN DICKKOPF WIE DU! NA KOMM! BRECH MEINEN WILLEN! HOPP! HOPP! WAS? ACH JA... DU KANNST NICHT, ODER? ÄTSCH!... WAS ICH WILL IST DIR EGAL, ALSO KRIEGST DU DAS GLEICHE ZURÜCK!
grin
ICH SAGTE: NEIN!
So!
Muss ja nicht schnell sein! Lass dir ruhig Zeit!
DU LACHST MICH AUS! UND DABEI MEINE ICH DAS, WAS ICH SAGE, SEHR ERNST! DAS SIND MEINE GEFÜHLE! DIE KANN MAN NICHT MIT 'NER SCHNELLEN ZUFÄLLIGEN NUMMER ABHANDELN!
Warum nicht???
NÖ!
Jetzt nicht!
HMPF!
ZAPPEL
?!
PWOFF
DAS GLAUB ICH DIR GERN. ABER NICHT HEUT!
!!
DU BESCHÄMST MICH! ICH HAB DOCH NUR DEIN BESTES WOHL IM SINN!
HA!
UND DEINE WÜNSCHE WERDEN IMMER MEINE PRIORITÄT BLEIBEN!
Ach ja?
SCHWEB

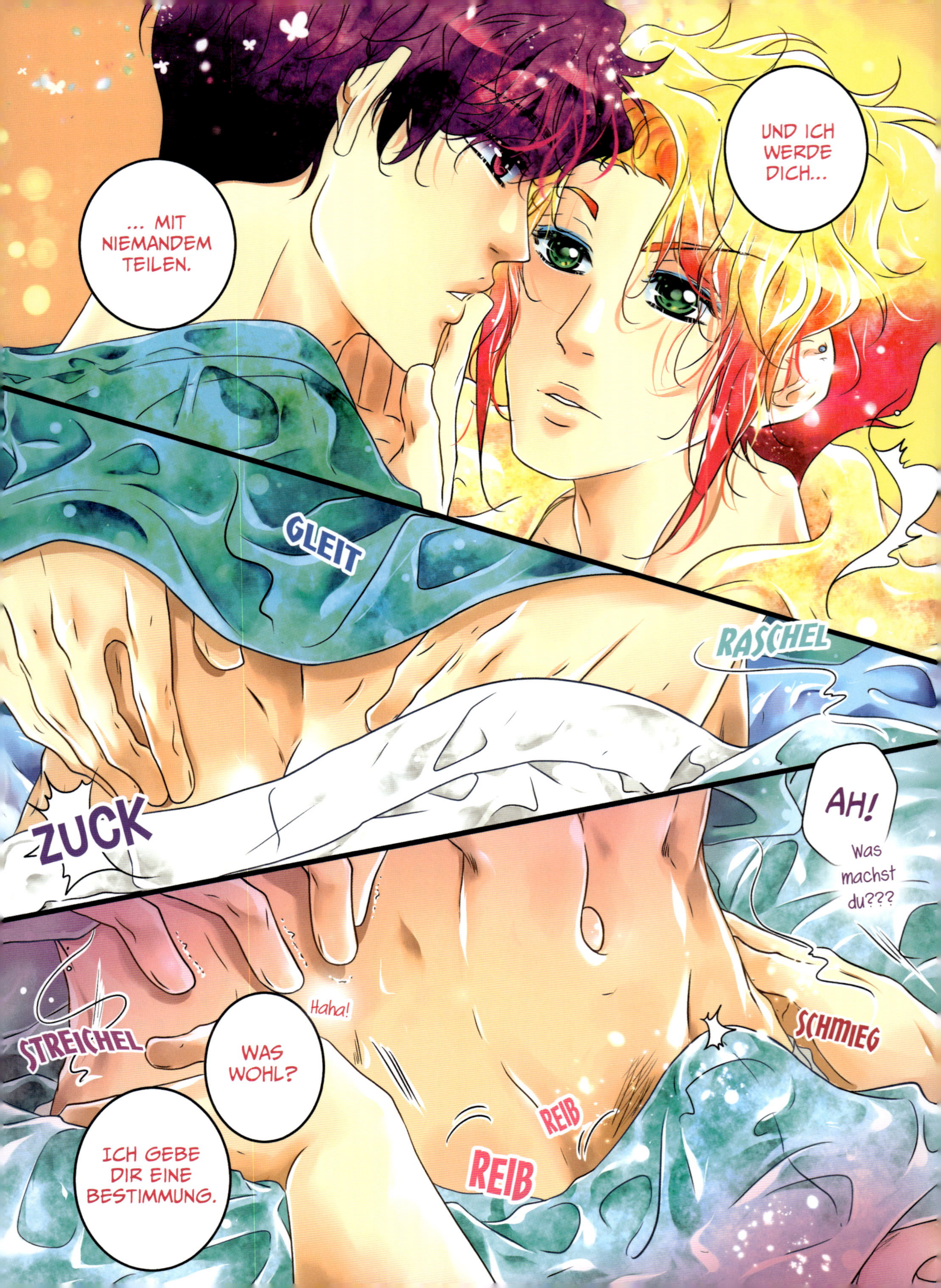
UND ICH WERDE DICH...
... MIT NIEMANDEM TEILEN.
GLEIT
RASCHEL
ZUCK
AH!
Was machst du???
Haha!
WAS WOHL?
ICH GEBE DIR EINE BESTIMMUNG.
SCHMIEG
STREICHEL
REIB
REIB

ACH, ATI...
MIAU?
...
HM...
DU GEHÖRST MIR!
DAS SCHLÄGST DU DIR ABER GANZ SCHNELL AUS DEM KOPF!
ACKK!
HEY!
QUETSCH
... UND DEINE BESTIMMUNG FINDEST DU, INDEM DU MIT IRGENDWELCHEN FRAUEN PIM-PERST, UM DEINEN STEMPEL FÜR DIE NACHWELT ZU HINTER-LASSEN?
ARGH!
NEIN! ICH HAB'S DIR DOCH ERKLÄRT!
UND ICH WILL MIT DENEN NICHT SCHLAFEN! ICH KANN IHNEN JA AUCH MEINEN... STEMPEL... EINFACH SCHENKEN!
Einfrieren und so...

FRÜHER HAST DU MICH GEBRAUCHT. ICH HATTE IMMER WAS ZU TUN... ICH KONNTE DIR HELFEN... ICH HAB EINE BESTIMMUNG GEHABT... UND WAR NICHT NUTZLOS...
...
ICH HAB DAMALS NICHT GEDACHT, DASS DU MICH JE MÖGEN KÖNNTEST, EGAL WIEVIEL MÜHE ICH MIR IN DER HINSICHT GE-BEN WÜRDE...
... ALS ES WIDER ERWARTEN DOCH DAZU GEKOMMEN IST, EMPFAND ICH ES SO, DASS ICH MIR DEINE LIEBE HART ERARBEITET HABE. ES WAR... WIE EINE... BELOHNUNG...
ABER JETZT KANN ICH NICHTS SINNVOLLES MEHR FÜR DICH TUN.
DU LÄSST MICH NICHT EINMAL MEHR FÜR DICH KOCHEN... GESCHWEIGE DENN FÜR DICH SORGEN... UND ALS BE-SCHÜTZER BIN ICH AUCH LÄNGST NUTZLOS GEWORDEN.
DU BIST DER MESSIAH. IM VERGLEICH ZU DIR BIN ICH GAR NICHTS. DU BRAUCHST MICH NICHT MEHR.
MEINE ZEIT AUF DIESER WELT IST ZUDEM BEGRENZT... ALSO LASS MICH DOCH AN EINER AUFGABE FEST-HALTEN... EGAL WIE LÄCHERLICH... ODER UNBEDEUTEND SIE FÜR DICH ERSCHEINEN MAG...
ICH BRAUCHE WIEDER EINE MISSION... ODER BESTIMMUNG... DAMIT ICH MIR SICHER SEIN KANN, DEINER LIEBE NACH WIE VOR WÜRDIG ZU SEIN.

WIE WAR DAS???
J-JA, ABER... NACH SO LANGER ZEIT... FÜHLT SICH DAS... SELTSAM AN!
STAPF STAPF
SEIT MEHR ALS DREI JAHREN SAGE ICH DIR JEDEN TAG... IMMER UND IMMER WIEDER... WAS DU FÜR MICH BEDEUTEST!
JETZT TU JA NICHT SO, ALS WÜRDE DICH DAS ÜBERRASCHEN!
UGH!
...
Ich...
HÜPF!
"ABER"? WAS ABER?
ICH BIN GLÜCKLICH! ICH BIN ÜBER-GLÜCKLICH!!!
A-ABER...
... ICH HAB DAS GEFÜHL, DASS ICH DAS ALLES NICHT VERDIENE!
ICH HAB DIR MITTLERWEILE AUF TAUSEND VERSCHIEDENE ARTEN UND WEISEN GESAGT, DASS ICH DICH MEHR ALS ALLES ANDERE AUF DER WELT LIEBE! WAS SOLL ICH DENN SONST TUN, DAMIT DU GLÜCKLICH BIST?
POKE
POKE
HÄ?
MANCHMAL FÜHLE ICH MICH...
... ALS HÄTTE ICH JEGLICHE BEDEUTUNG IN UNSERER BEZIEHUNG VERLOREN.
ICH BIN... NUR NOCH... DA.

MEIN HERZ GEHÖRT AUSNAHMSLOS NUR DIR!
Wortwörtlich...
ATI POOR!
Nein.
GNNNH!
DU BIST MEIN VERLOBTER UND MEIN ZUKÜNFTIGER EHEMANN! DAS IST FÜR MICH WEITAUS BEDEUTENDER ALS EIN OPUS!
DU BIST MEIN RETTER. MEIN LEHRER. MEIN WEGWEISER. UND MEIN MEISTER!
DU BIST DER GRUND UND SINN MEINER EXISTENZ!
DU KANNST NICHT WIEDER ZU MEINEM OPUS WERDEN! *ICH* BIN JETZT SCHLIESSLICH DEIN OPUS! ICH GEHÖRE *DIR*! UND NICHTS AUF DER WELT BRINGT MICH JE DAZU, DIESEN STATUS ABZUGEBEN!

WAS? BESCHÜTZEN? WIESO NICHT? MEIN KIND WIRD AUCH MEIN BLUT HABEN UND WIRD SOMIT MIT ELLENLANGEM LEBEN GESEGNET SEIN.
WENN WIR ZWEI EIN GEMEINSAMES KIND HABEN WÜRDEN, KÖNNTE ER DICH DOCH NICHT - !
D-DU BLÖDMANN! DAS WÄRE DOCH TOTAL KONTRAPRODUKTIV!
WIE?
Echt?
MAUNZ?
N-NEIN, DAS...
... MEINE ICH NICHT...
WAHAHAHA!
Rubios Neuer ist nicht nur einer von uns, sondern auch noch ein toller Ehemann, fantastischer Liebhaber und ein liebevoller Stiefvater von unserem jüngsten Magier!!!
Ich hoffe, du siehst es und weinst einsam im Jenseits, du Idiot!!!
UHUUU!!!
DODOMM
lächel
DODOMM
TELEPATHIE ZWISCHEN HERZEN
ALS MAGISCHER GEGENSTAND KÖNNTE ICH VIELLEICHT ETWAS LÄNGER AN DEINER SEITE BLEIBEN.
...
K-KÖNNTEST DU MICH VIELLEICHT WIEDER...
... ZU DEINEM OPUS MACHEN?

NIEMAND WAGT ES, MIR ZU DROHEN... ODER MIR AUCH NUR IM GERINGSTEN ZU WIDER-SPRECHEN.
NUR DU.
DER EINZIGE, DESSEN WILLEN ICH NIE BRECHEN KANN... DER EINZIGE, DER MIT MIR MACHEN KANN, WAS ER WILL...
UND LASS MICH DIR EINES SAGEN...
RU-RUBIO...
WENN DU UNBEDINGT KINDER WILLST, FRAGEN WIR RAMSES NACH SEINEM GEHEIMEN ZAUBER! ICH TRAGE DIR SO VIELE SÖHNE AUS, WIE DU WILLST!
DONK!
EINER WIE DU IST MEHR ALS GENUG!
WEDER ICH NOCH UNSERE WELTEN KÖNNTEN ZWEI VON DIR VERKRAFTEN, OHNE EINEN PERMANENTEN SCHADEN DAVON-ZUTRAGEN!

ICH BIN JETZT NEBEN DEM AUGE DAS MÄCHTIGSTE WESEN IN UNSERER WELT.
ICH GEBE DEN TON AN... UND WENN ICH WILL... HÖRT ALLES AUF MEIN KOMMANDO.
DIE ZEIT VERFLIEGT SCHNELLER ALS MAN DENKT! EINMAL BLINZELN UND ZACK! MAN IST 60!
HA!
WIR SIND GERADE MAL VIER JAHRE ZUSAMMEN UND DU DENKST SCHON ÜBER DEN TOD NACH?
MIAU?
WIE?
kick
WIE OFT HAST DU ES DENN VERSUCHT???
DAS WILLST DU NICHT WISSEN...
Das Problem an der Sache is nur, dass egal wie oft ich es auch versuche...
Ich krieg bei keiner dieser Frauen einen hoch!
Ich glaub's dir ja!
Ich mein's ernst!
...
MIAU!
DU BIST DER EINZIGE, DEM ICH SO ETWAS AUCH ERLAUBE...
Und immer auch erlaubt habe...
ABER ATI...
WIESO GLAUBST DU, DASS ICH... IMMER NOCH... JEMANDEN ALS BESCHÜTZER BRAUCHE?

DAS MAG JETZT SO SEIN! ABER SOBALD DU... WIEDER... AB-KRATZST, WIRD ER JEMAND NEUEN BRAUCHEN!
RUBIO IST MEIN VERLOBTER! ICH WERDE IHN NIEMALS HERGEBEN!!!
WAS SOLL DAS DENN BEDEUTEN???
ER WIRD IMMER JEMANDEN BRAUCHEN, AN DEN ER SICH WENDEN KANN UND DER IHM ZUR SEITE STEHT!
EGAL WIE SEHR DU DICH AUCH ANSTRENGEN MAGST, DU HAST HÖCHSTENS NOCH EIN PAAR DEKADEN ZU LEBEN!
DU BIST EIN MENSCH!
RUBIO HINGEGEN KANN ALS MESSIAH SOLANGE LEBEN WIE ER WILL! HUNDERTE... ODER SOGAR TAUSEND JAHRE! SOLL ER ETWA NACH DEINEM ABLEBEN DIE EWIGKEIT IN VÖLLIGER EINSAM-KEIT VERBRINGEN? SEI GEFÄLLIGST NICHT SO EGOISTISCH!
DESWEGEN SUCHE ICH EINE LEIHMUTTER, DIE MEINEN MÄNNLICHEN ERBEN AUSTRAGEN KÖNNTE! ODER FRAU, WENN DIR DAS LIEBER WÄRE! MIT MEINEM SPRÖSSLING KÖNNTEST DU DANN ZUSAMMEN-KOMMEN!
DER EINZIGE, DEM ICH SOWAS DURCH-GEHEN LASSEN KÖNNTE, WÄRE MEIN NACHFAHRE! ZUMINDEST WÜRDE ER JA MEIN BLUT HABEN UND WÄRE SOMIT STARK GENUG, DICH BESCHÜTZEN ZU KÖNNEN, NACHDEM ICH ES NICHT MEHR KANN!
UND DANACH MIT SEINEM SOHN... UND MIT DESSEN SOHN UND SO WEITER..!
TIP
TIP
EHER GEFRIERT DIE HÖLLE, ALS DASS ICH JEMAND ANDE-REM ERLAUBE, DICH "SEIN" ZU NENNEN!
...
Opa...

WOFÜR BRAUCHST DU SO ETWAS???
Du hast doch mich!
DIE APP BRAUCHE ICH NICHT.
EINE DATING APP.
WAS UM ALLES IN DER WELT IST DAS HIER???
PLING!
Sexy Beastmasterin42 hat deine Anfrage angenommen.
WAS ICH BRAUCHE...
... IST EIN SOHN.
?
Du... BRAUCHST einen Sohn?
VON MIR AUS AUCH EINE TOCHTER... WENN SIE STARK GENUG IST...
STARK GENUG... FÜR WAS?
??
NA... UM DICH FÜR IMMER BESCHÜTZEN ZU KÖNNEN! IST DOCH LOGISCH!
...
HÄ?
EINE WOCHE ZUVOR...
BLINK!
Alter Sack! Du versuchst ja schon wieder, Rubio hinter meinem Rücken mit jemandem zu verkuppeln! Lass das endlich!!!
AU! AU! AU! AU! AU!
KRACK!
AUF DEM TAGESPLAN...

BONUS
LANGE ZEIT NACH BAND 4...
Hey! Was gibt's Neues?
WOOOOOO
HRRRRRRRRRRRRRRRN
GRUMMEL
Oi!
ATI!
RRRRRN
GRUMMEL
MIAU?
HRRRRRRRRRN
Nicht schon wieder!
!!
...
Nichts!
WAS MACHST DU DA?

MARRY ME!

Ich Will ein
KinD von Dir!

Er wird nicht müde, Ati jedes Mal aufs Neue zu vermitteln, dass er nichts von ihm hält, aber in Wahrheit hat er größten Respekt vor ihm.
Ati ist der perfekte Schwiegersohn!
Gleiches gilt und galt auch schon immer für Rubio. Nostrius kennt anscheinend nur eine Art von Liebessprache.
Er ist übrigens der einzige (außer Rubio) in der Vin Astar-Familie, der mit goldenen Haaren geboren wurde.
Er sah damals aus wie Rubio!
Das offizielle Selbstportrait.
Weil er mit der Haarfarbe jedoch unwiderstehlich war, änderte er sie mithilfe von Magie in rosa/schwarz, um sich die riesige Schar von unerwünschten Verehrern vom Leib zu halten.
(Hat am Ende nicht viel genutzt...)

Nostrius Quintus Vin Astar

GROSSMEISTER DER SCHWARZEN MAGIE.

Anführer der Vin Astar - Familie.

Hüter der Geheimnisse.
Verfasser der aktuellen Familienchronik.
Ausbilder schwarzer Magier seit seinem 50. Lebensjahr.

Gewinner des - *von niemandem angefragten* - Schönheitswettbewerbs im späteren Elysion, 120 Mal in Folge.

Er ist 153 Jahre alt. In seinen jungen Jahren nahm er an verschiedenen Quests und Duellen teil (*hervorzuheben wäre sein heldenhafter Sieg über seinen Erzrivalen Kuligundalf den Grauen, der ihn in der gesamten Welt berühmt machte*). Einige der mächtigsten Zauberformeln sind vor allem seinem unerschöpflichen Streben nach Wissen und Fortschritt zu verdanken.

In BL is magic! kennt man ihn hauptsächlich in der Gestalt einer Eule mit Schmetterlingsflügeln, die ihr Wissen mit Rubio und Ati teilt. Gleichzeitig ist er derjenige, der Rubio großgezogen hat... und noch viel mehr.

Urdesign

Seine Eulengestalt ist jedoch eine Täuschung. (SPOILER)

Rex

Ist ein paar Jahre älter als Rubio. Wurde als ein T-Rex geboren.

Seine Geburt gilt als eines der großen Rätsel der Familie und wurde bis jetzt noch nicht geklärt. Es wird jedoch spekuliert, dass sie etwas mit dem langsamen Verfall der schwarzen Magie in der Familie zu tun hat, denn Rex sollte ein Drache werden. Seine Geburt als eine andere Reptilienart wird von den Vin Astars als “Fehler” gesehen.

Der Schrumpfzauber gehört zu seinen Lieblingszaubersprüchen, da er ihm ermöglicht, sich problemlos in die Gesellschaft zu integrieren. Seine Leidenschaft gilt der veganen Lebensweise und Mathe.

Erstes Charakterdesign

Sein Opus ist ein MP3-Player. Den hat er sich bei einem seiner früheren Aufenthalte in der Menschenwelt beschafft. Leider kann er in seiner Welt keine Musik damit hören.

Die Jungs aus der 11-G

Atis Gang

(namenlos)

Kam leider auch nur im ersten Band so richtig vor.

Rubios Vater

- klein
- schlecht drauf
- Tattoos an den Handflächen und am Geschlechtsteil (behauptet ER)

Die Vin Astar - Brüder

Ramses ist mit 52 Jahren der älteste der Brüder. Das Alter sieht man ihm nicht an, da er sich mithilfe verschiedener Experimente jung hält.

(Generell funktioniert die Zeit in der Welt der schwarzen Magie anders als in der Menschenwelt und ermöglicht den Zauberern ein sehr langes Leben.)

Ramses ist in der Lage, sich selbst zu schwängern. Auf diese Weise hat er bereits 30 Kinder zur Welt gebracht. Eine Beziehung mit einer anderen Person hat er noch nie gehabt und strebt so etwas auch nicht an.

Ramses

Sein Opus ist ein schwarzer Spiegel.

Rufus

Sein Opus ist ein einfacher Knopf (auf seiner Mütze).

Sein Haustier, welches auch sein bester Freund ist, ist ein schwarzer Rabe. Dessen Gestalt nimmt er an, um sich auf seinen Ausflügen oder Touren schnell bewegen zu können. Die Identität des Rabens ist ebenfalls streng geheim...

Rufus ist Mitte dreißig. Er hält sein Privatleben geheim. Er raucht gern (und viel) Pfefferminzzigarren. Als einziger der Brüder ist er so richtig in die schwarze Magie vernarrt und würde ihr seine Seele opfern.

Erstes Charakterdesign

Ati heißt in Wahrheit Atilla, wie sein verstorbener Vater. Er mag den Namen aber nicht, da er ihn eben an seinen Vater und somit an seine Familie erinnert, die ihn auf einem Bahnsteig zurück gelassen hatte, als er klein war.

Danach kam er für kurze Zeit in ein Heim, wo er Axel getroffen und sich mit ihm angefreundet hat. Nach ein paar Monaten holte sein Onkel ihn zu sich. (Dieser ist der Direktor der Schule, sowie Betreiber einer Gay-Bar, über der er mit Ati wohnt). Leider gab es im Manga nicht genug Platz, um ihn vorzustellen. *(Er ist kurz am Anfang von Band 2 zu sehen.)*

Ati hat sich schon immer geprügelt, aber er hat nicht immer - besondere - Liebe für Katzen gehegt. Was ihn wohl dazu bewegt hat? Und wieso kümmert er sich vor allem um schwache und verletzte Tierchen?

Er hat sich jedoch auf jeden Fall lange vor seiner Wandlung zu Rubios Opus in Rubio verliebt. Gegensätze ziehen sich an (und aus). Ich hätte gern noch mehr aus der Zeit vor der Verwandlung, sowie mehr nach dem Abschluss der Geschichte gezeigt... *schniff*

Habt ihr beim Lesen des Mangas verstanden, dass Ati niemals unter einem Liebeszauber litt? Er hat sich dazu entschieden, dieses Theater zu spielen, um Rubio zu helfen. Eine mutige Entscheidung, wie ich finde. Nicht jeder ist bereit dazu, einen Clown aus sich zu machen. Schon gar nicht eine so starke Persönlichkeit wie Ati.

Ati ist mein Lieblingscharakter. Er lässt sich nichts sagen, von niemandem (außer von Rubio natürlich) und kämpft - auf seine eigene Weise - gegen Ungerechtigkeit. Und man weiß nie, was für einen Unsinn er ausheckt ~ Ich wäre gern nur halb so stark wie er!

Go, Ati!

Ati Poor

Alter: 19 Jahre
Größe: ca 185 cm
Augenfarbe: samtgrün
Haarfarbe: braun mit Lilastich
Gewicht: interessiert ihn nicht
(Sein Herz wiegt aber mindestens eine Tonne.)

Hobby: Katzen, Frieden, Ordung, Rubio

Auffälligkeiten:
- imposante Statur & Schreihals
- im Pony hat er ein paar pinke Haarsträhnen, die immer wieder auf eine magische Art nachwachsen, selbst wenn er sie abschneidet...

(Magie?)

Geschwister: keine

Erstes Charakterdesign

Rubio ist auf den ersten Blick (vielleicht auch auf den zweiten) ein typischer "Nichtsnutz-Held". Das schwarze Schaf der Familie. Der Junge, der nix kann und seine Größe und Stärke im Verlauf der Geschichte finden muss.

Stärke findet er (natürlich *hust*) in der Liebe...

ABER..!

Es gibt viele Geheimnisse, die ihn umgeben und die erst zum Schluss gelüftet werden. Zum Beispiel, dass er in Wahrheit bereits in seinem jungen Alter ein Großmeister der Magie ist.

Er ist jedenfalls der Chara mit den meisten visuellen Veränderungen. Im Laufe der Geschichte wechselt sein Haar die Farbe von rosa zu gold. Dies ist ein Zeichen, dass er sich für die weiße Magie entschieden hat, um Ati zu beschützen. Als Messiah hat er sogar zwei verschiedene Haarfarben, einmal bei der Verbindung mit Ati und dann in seiner finalen Form.

In den ersten Bänden wird Rubio schnell müde und hat durchgehend Hunger. Der Grund dafür ist jedoch der, dass er sein Herz an Ati verschenkt hat und ihm selbst somit wenig Lebensenergie übrig geblieben ist. Kein Wunder also, dass er sie ständig nachfüllen muss. Mit Essen, Schlafen, oder durch Atis Präsenz. (Beste Lösung ist natürlich immer "Verschmelzung" ~)

Seine blauen Lidschatten sind tätowiert. Jeder schwarzer Magier bekommt als Kind diese Tattoos, die ihm helfen sollen, sich auf die Magie zu konzentrieren (magische Tätowierungen natürlich). Bei Rubio scheinen sie jedoch keine Wirkung zu haben, denn seine Magie liegt außerhalb der bekannten Grenzen der schwarzen Magie. Die Wahrheit über ihn erfährt man im Abschlussband.

(S)ein Herz ist einfach ein seltsames Instrument der Magie!

Rubio Vin Astar

Alter: 18 Jahre
Größe: ca. 173 cm
Aufenfarbe: pink
Haarfarbe: pink/schwarz
(wechselt immer wieder)
Gewicht: besitzt er nicht
(einer der Vorteile der schwarzen Magie)

Hobby: Essen, Schlafen, Ati
Auffälligkeiten:
- trägt eine Kette mit dem Symbol des Schems
- 2 Piercings am linken Ohr
- tätowierte Lider

Geschwister:
- Ramses, Rufus, Rex

DAS AUGE DES
SALOMO

NOSTRIUS QUINTUS
VIN ASTAR
★ SPECIAL VERSION ★

RUFUS VIN ASTAR

RAMSES VIN ASTAR

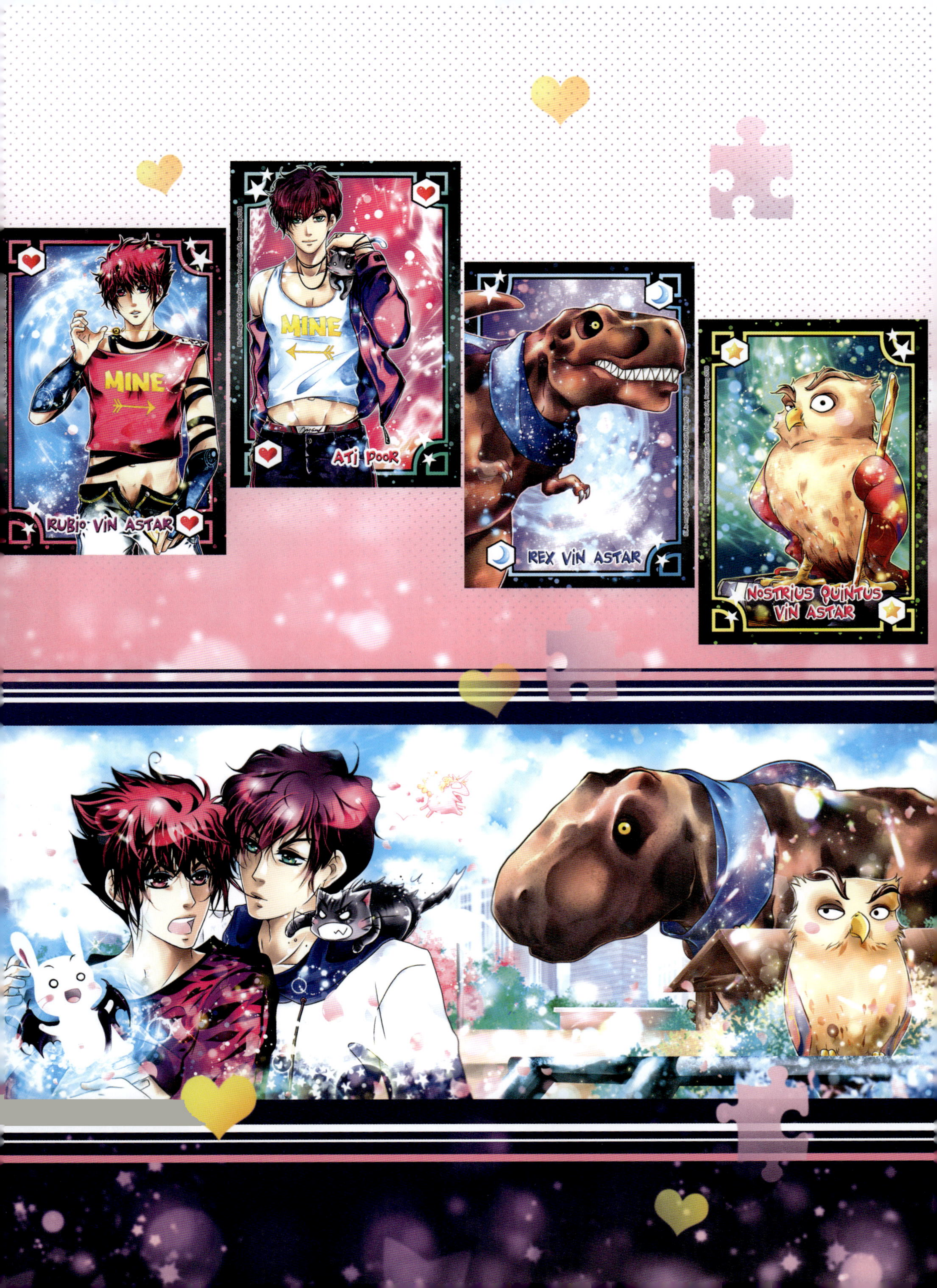
MINE
RUBIO VIN ASTAR
MINE
ATI POOR
REX VIN ASTAR
NOSTRIUS QUINTUS VIN ASTAR

No!
RAWR

ICH TÖTE DICH!

Mr. BOMBASTIC

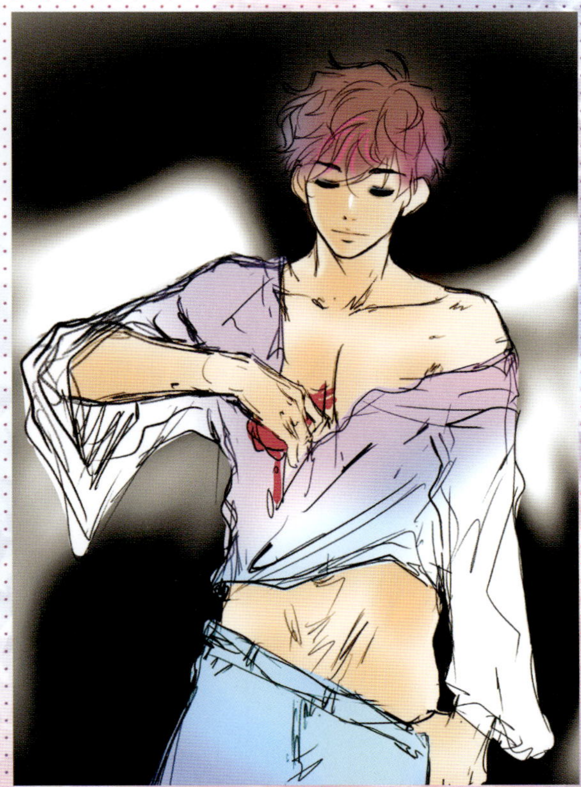

DANKE!
für eure Unterstützung!

Wir lieben euch!

CorOPA
hmpf
NO!

ICH MÖCHTE MICH BEI ALLEN NEBENCHARAKTEREN BEDANKEN! ICH WERDE FÜR EUCH NATÜRLICH AUCH WEITERHIN MEIN BESTES GEBEN!
Hellow!

Atilko
Empfohlen für faule schwarze Magier!

Rubio ist bekanntlich so kalt wie ein Eisblock...
?
Im Sommer... ganz praktisch!

FROHE OSTERN!
Rusio
FROHE OSTERN!
Damit die Suche nach den Eiern Spass macht!
WO SIND ALL DIE SCHOKOFIGUREN HIN?
ER WAR'S!
miau?

BL is magic!

Ich hab Kochverbot!

MEOW
Rubio
Baked
WITH
LOVE

RUBIO

Inhalt
1 x schwarzer Magier
1 x sein Herz
VORSICHT! ENTHÄLT EINE GROßE PORTION LIEBE!
FINGER WEG!
MEINS!
OPUS Candy
HIER ÖFFNEN
© Oroken

© Oroken
VORSICHT:
mAGISCH!
Love Magic...100%
Opus Magic...80%
Schem Magic...50%

BL is magic!
Oroken

LOVE – 1 + 1

HAPPY NEW YEAR
FROHE WEIHNACHTEN!
LOVE 100%
HAPPY NEW YEAR

Don't mind
MEow
I am from another
GALAXY

Just MEOW!
© Droken

© Oroken

MINE

BL is magic!

BL is magic!

BL is magic!

© Oroken

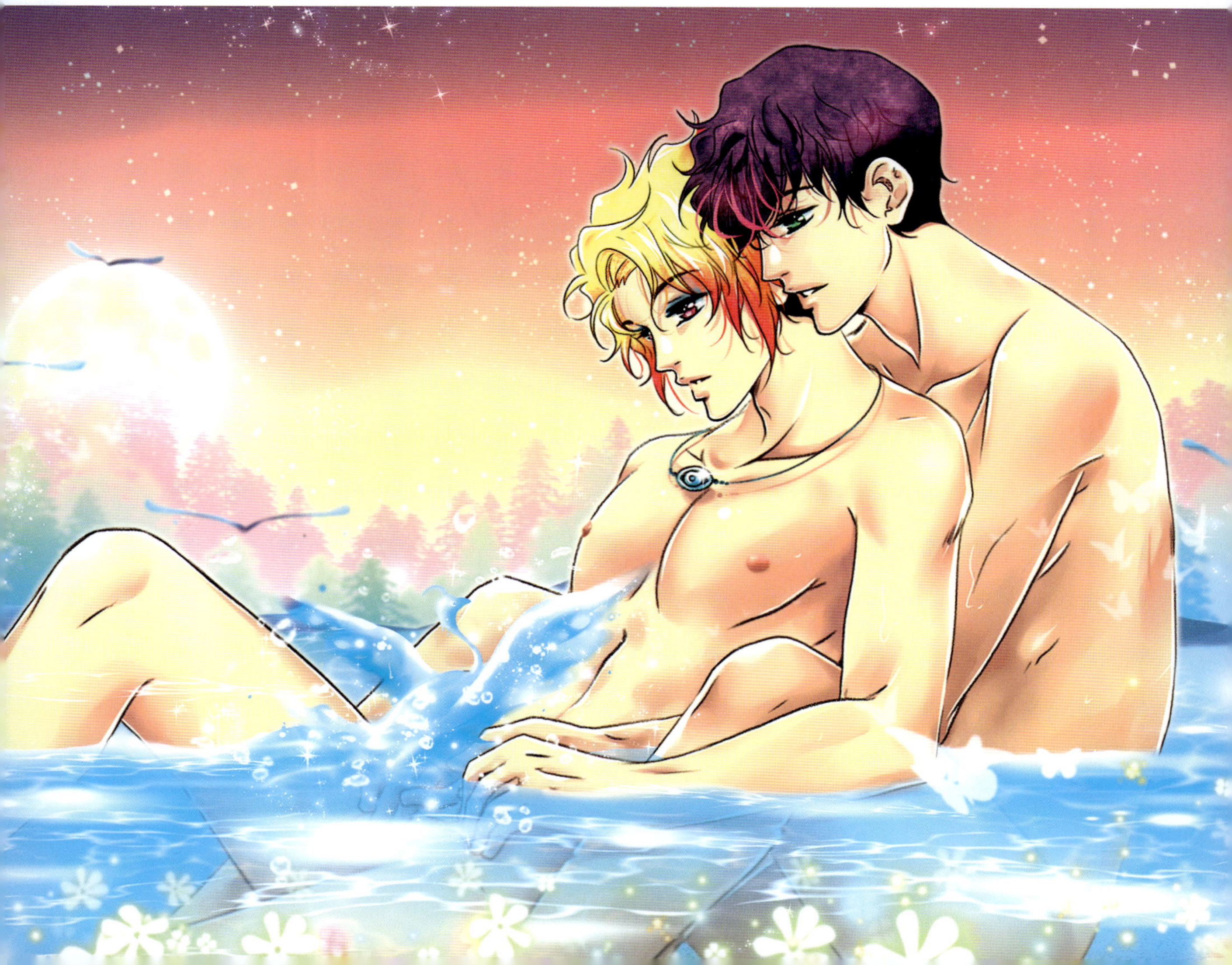

I ♥ RuBi
I ♥ Food

RUSTO

BL is magic! © Oroken/Carlsen Verlag GmbH, Hamburg 2018

GAY PRIDE!
11-G
MONTAG
Rubin
ATI IST SCHWUL!
na und?
FLIP & TOBY
AXELS NUMMER
(FÜR ALLE FÄLLE)
WER HAT meine GUMMIS?
Meins!
Ati
BATTLE

Oroken
BL is magic!

Oroken

BL is magic!

Artbook